NOTRE-DAME

DE CAMBRAI,

ou

NOTICE SUR L'IMAGE MIRACULEUSE

de

NOTRE-DAME-DE-GRACE.

3° ÉDITION,

Augmentée de documents inédits et précédée d'un aperçu sur le
Culte de la Sainte Vierge à Cambrai, depuis les premiers temps
du Christianisme, jusqu'en 1452,

PAR

M. L'ABBÉ CAPELLE,

Missionnaire apostolique.

CAMBRAI.
Imprimerie de Henri Carion, rue de Noyon, 11.
1852.

Lk⁷ 1613

NOTRE-DAME

DE CAMBRAI,

ou

NOTICE SUR L'IMAGE MIRACULEUSE

de

NOTRE-DAME-DE-GRACE.

3ᵉ ÉDITION,

Augmentée de documents inédits et précédée d'un aperçu sur le Culte de la Sainte Vierge à Cambrai, depuis les premiers temps du Christianisme, jusqu'en 1452,

PAR

M. L'ABBÉ CAPELLE,

Missionnaire apostolique.

CAMBRAI.
Imprimerie de HENRI CARION, rue de Noyon, 11.
1852.

MR
IOI
IHS
XRS

Éd: dat Capelle M.^{on} Apost   J. Sandeur, à Cambrai

Véritable Image
de D. N. de GRACE de CAMBRAI.

(D'après un calque sur verre)

NOTRE-DAME

DE CAMBRAI.

Le culte de Marie, à Cambrai, *la Ville de la Vierge*, se perd dans la nuit des temps. Il remonte à l'époque même où la Foi fut apportée dans ce pays par les envoyés des apôtres, « par ces premiers pères, dont parle Baldéric, que l'obscurité des âges reculés et les persécutions des peuples barbares ont effacés de la mémoire des hommes. »

Venus de Rome très-vraisemblablement, comme la plupart des saints évêques qui ont fondé les premières églises des Gaules, ils placèrent comme eux sous la protection de la Reine du Ciel le premier temple qu'ils consacrèrent au vrai Dieu (1). Humble oratoire à son origine, il deviendra peu à peu cette imposante et magnifique cathédrale, cette Notre-Dame de

---

(1) On compte quatre-vingt-une cathédrales en France qui portent le vocable la Ste-Vierge.

Cambrai dont nos pères étaient si fiers à juste titre.

Mais, hélas! le petit oratoire est à peine achevé, qu'il tombe en ruines sous les coups des barbares, Vandales, Alains, Suèves, Bourguignons, qui, comme autant de torrents débordés, inondent, du Nord au Sud, la terre des Gaules, et y portent partout la dévastation et la mort. Clodion, à son tour, vient, avec ses Francs encore payens et barbares, se fixer à Cambrai, et achève de détruire les derniers vestiges du Christianisme qu'il y rencontre. Le sang des chrétiens a coulé avec abondance. Il n'en reste plus aucun peut-être, si ce n'est dans ces lieux souterrains où ils se retiraient durant la persécution, pour se fortifier par la prière et s'encourager au martyre. Marie, du haut des Cieux, veillait sur cette Eglise désolée. Son nom, son culte, son sanctuaire, tout devait y reprendre un nouvel éclat, un éclat immortel, et qui ferait, dans la postérité, le plus beau titre de gloire de la cité de Cambrai.

En effet, après cette nuit de deuil, Marie, nouvelle étoile du matin de ce jour qui doit inonder de ses clartés resplendissantes nos religieuses contrées, Marie reparaît, et son image sacrée, retrouvée au milieu des ruines, reparaît en même temps aux yeux étonnés et ravis de nos pères.

Le royal catéchiste du premier monarque chrétien des Francs, saint Vaast, est envoyé par saint Rémi, au nom du prince des apôtres, pour gouverner les églises de Cambrai et d'Arras. Déjà dans les deux villes épiscopales a été relevé le modeste sanctuaire où se réunissaient autrefois les premiers chrétiens, et c'est auprès de cet édifice qui porte le nom de la Mère de Dieu, que saint Géri, quelques années après la mort de saint Vaast, fait construire la première demeure de l'évêque. Elle en sera désormais inséparable, et Marie, du haut du Ciel, veillera avec une sollicitude maternelle sur l'église, sur le pasteur et sur son troupeau.

Aux hommages et aux respects qu'elle en reçoit chaque jour, viennent bientôt se joindre les vœux et les offrandes des grands de la terre. C'est Dagobert qui fait don à l'église Notre-Dame des terres de Quarouble et d'Onnaing, comme gage de son amour pour Marie et de l'affection qu'il porte à saint Aubert, évêque de Cambrai; c'est Louis-le-Débonnaire, ce sont ses successeurs de France et de Germanie, qui veulent, chacun à leur tour, donner à Notre-Dame-de-Cambrai des témoignages de leur vénération.

Mais d'autres offrandes, bien plus agréables au cœur de Marie, lui sont aussi adressées dès

les premiers siècles. Grâce à la munificence
des rois, des grands, aux prédications et aux
exemples des saints évêques Aubert, Vindicien,
Emebert, et de leurs successeurs; aux travaux des
infatigables missionnaires qui répandent partout
la bonne nouvelle de l'Evangile, grâce surtout
aux bénédictions abondantes que Marie répand
à pleines mains sur cette terre qui lui est consa-
crée, une multitude de monastères, remplis de
pieuses vierges et de vénérables veuves, s'élèvent
de toutes parts comme par enchantement. Tous
portent le beau nom de Marie, comme dans
tous on s'étudie à imiter ses vertus. C'est sainte
Aldegonde à Maubeuge, c'est sainte Rictrude et
ses nobles filles à Marchiennes et à Hamage,
c'est sainte Pollène et sainte Valérie à Honne-
court, c'est sainte Hiltrude à Liessies, sainte
Reine, sainte Renfroie et ses neuf sœurs à
l'abbaye de Denain. L'étendard de la virginité
a été planté au milieu de l'église de Cambrai par
ses saints pasteurs, et des multitudes de vierges,
comme autant d'essaims d'abeilles, viennent se
réunir autour de la Vierge, devenue, maintenant
surtout, leur Patronne et leur Mère. Le sang pur
de sainte Maxellende, martyrisée à Caudry, et de
sainte Saturnine, aussi martyrisée à Sains-lez-
Marquion, semble devenir comme une semence
de nouvelles vierges. Leur nombre se multiplie

d'une manière prodigieuse au milieu de ces Nerviens et de ces Francs encore à demi-barbares, et l'on entend retentir les louanges de Dieu et de Marie, le jour et la nuit, dans ces sanctuaires de piété et de pureté, qui forment comme une couronne de gloire et d'honneur autour de Notre-Dame-de-Cambrai.

C'est de là, en effet, comme de son centre, que se propage ce mouvement irrésistible qui attire les populations au culte de Marie. Les premiers Pontifes en ont donné l'exemple; leurs successeurs marchent avec bonheur sur ces traces. Malgré la pénurie des documents et les désastres de tout genre qui ont successivement désolé ces provinces, combien de témoignages ne pourrait-on pas encore rappeler? Hildoard, dans les premières années du IXᵉ siècle, lègue à son église un Sacramentaire dont l'authenticité est incontestable. En maints endroits s'y révèlent des souvenirs de la dévotion de l'église de Cambrai envers la Reine des Cieux. Déjà ses fêtes les plus belles ont des anniversaires réguliers; l'Annonciation avec les mêmes prières que l'Eglise répète aujourd'hui, la Dédicace de la Basilique de Notre-Dame, la Vigile de l'Assomption, l'Assomption avec son touchant Office; voire même cette Fête antique de la Nativité de la Sainte Vierge, que plusieurs auteurs disent n'avoir point été introduite dans les Gaules avant le IXe siècle, et dont le pieux et savant Benoit XIV ne croit pas pouvoir faire remonter l'origine au-delà des dernières années de ce même siècle. Un examen plus détaillé de ce Sacramentaire nous ferait assister par la pensée à ces fêtes pompeuses et aux hommages que rendaient à la Sainte Vierge le pasteur et son troupeau. Hildoard, en particulier, a laissé à la postérité un témoignage des sentiments de son âme, dans ce quatrain par lequel il consacre à Marie un ouvrage que sa piété lui a inspiré d'écrire :

Moi. Hildoard, Pontife tout dévoué à ton culte,
Je t'offre, ô douce Marie, ces dix-huit petits livres,
Que composa, d'après saint Luc, le vénérable prêtre Bède.
Daigne m'accorder la vie bienheureuse et sans fin.

Le savant Halitgaire, successeur d'Hildoard, n'oublie pas non plus l'auguste Patronne de son église de Cambrai. — De Constantinople, où sa sagesse et sa prudence l'ont fait envoyer en ambassade, il rapporte des objets précieux qui ont appartenu à la Très-Sainte-Mère de Dieu. Nouveau Palladium de la cité, ces Reliques deviendront, dans l'auguste Temple qui les renferme, l'objet de la vénération et de la confiance des Cambrésiens, et leur protection au jour du danger.

Ce jour a paru : une armée innombrable de

sauvages Hongrois fond tout-à-coup sur la contrée. Déjà ils ont renversé et ruiné de fond en
comble des villes et des monastères, et ils se
préparent maintenant à assiéger la cité épisco-
pale de Cambrai. Fulbert, digne imitateur de
ces saints Evêques, qui, durant les invasions
des barbares aux IVe et Ve siècles, se constituè-
rent les défenseurs intrépides de leur peuple,
Fulbert a tout prévu, tout préparé pour soutenir les assauts des ennemis. Au nom de la
Vierge Marie, il exhorte ses ouailles, il les
bénit, et leur promet un éclatant triomphe.
Lui-même ne quitte l'autel de Notre-Dame, où
il est sans cesse prosterné en prière, que pour
voler sur les remparts et enflammer l'ardeur
des combattants. Sa présence ranime tous les
courages, et le nom sacré de la Reine des Cieux
qu'il fait retentir à leurs oreilles, leur devient
un présage infaillible de la victoire. C'est sur
l'édifice même consacré à son culte, sur cette
église Notre-Dame, qui est son premier et son
plus noble sanctuaire, que cette victoire va
être remportée. En effet, les barbares, après
des efforts inouïs pour s'emparer de la ville,
forment le projet d'y mettre le feu, ou du moins
de brûler l'église. Dans ce dessein, ils com-
mencent à lancer des javelots enflammés sur les
toits du Temple; « ce qui, continue l'historien

Dupont, jeta la consternation et l'abattement dans l'esprit d'un chacun. On se persuadait qu'il n'y avait plus moyen de se défendre. Il est vrai qu'ils jetaient tant de ces traits, que le toit en aurait été infailliblement consumé, si un clerc, nommé Seralde (car ce nom doit passer à la postérité) n'avait eu l'intrépidité de s'exposer à tous les traits des Hongrois, en montant sur ce toit avec de l'eau pour éteindre le feu. Une action si hardie ranima autant le courage des nôtres qu'elle déconcerta les barbares. Voyant donc qu'ils perdaient leur peine de tout côté, ils se déterminèrent à lever le siége avec honte... On regarda toujours depuis cette délivrance de la ville comme un effet de la protection de la Vierge et de saint Géri (1). »

A ces implacables ennemis en succèdent bientôt d'autres, venus non de contrées éloignées, mais de ce pays même. Erluin, il est vrai, pour protéger la ville de la Vierge contre de turbulents Seigneurs, a bâti le château Notre-Dame, connu depuis sous le nom de Câteau-Cambrésis, mais c'est du côté opposé que se présente tout-à-coup un adversaire redoutable. C'est Robert-le-Frison, qui, après avoir arraché

(1) Dupont, Hist. de Cambrai, p. 45 et 46.

à son neveu, dans un combat, le comté de Flandre avec la vie, prétend maintenant, à la tête de son armée, s'emparer de la ville et du pays de Cambrai. Un vénérable vieillard, saint Liébert, était alors assis sur ce siége déjà illustré par tant de dignes et courageux Pontifes. Il se sent pénétré de douleur à la vue des maux qui menacent son peuple, et d'une sainte indignation contre l'homme injuste qui les lui prépare. Soudain, et comme si Dieu lui-même lui avait inspiré ce projet, il ordonne qu'on lui dresse une litière, et, malgré les souffrances de la maladie et les dangers auxquels il s'expose, il se fait transporter au milieu du camp ennemi. Arrivé en présence du comte Robert, il lui reproche avec une noble fermeté sa criminelle aggression, et lui ordonne, en vertu de l'autorité spirituelle qu'il a sur lui, *de s'éloigner de la terre de sa Maîtresse et Dame Sainte-Marie*, (*ut de terrâ Dominæ suæ Sanctæ Mariæ discederet, auctoritate pontificali commonuit*.) (1)

Cette parole a frappé nos vieux chroniqueurs : on la rencontre çà et là dans les écrits du temps qui nous sont parvenus, et où elle est comme l'expression de la pensée qui remplissait tous les cœurs.

---

(1) Bolland. Vita S. Lietberti ad XXIII Junii p. 603, n° 59.

Au reste, ce n'était pas la première fois que le vénérable Liébert recevait des marques sensibles de la protection de Marie. On l'avait vu, dans la ville de Laodicée, en Syrie, durant son pélérinage en Terre-Sainte, demander au Ciel avec instance et obtenir par l'intercession de Marie la guérison de Fulcher, son fidèle compagnon de voyage et son ami. « Or, dit l'historien contemporain de sa vie, il n'est pas surprenant qu'il ait recommandé celui qu'il aimait à la glorieuse Reine, Marie, Mère de Dieu, pour qui il avait une dévotion particulière. » (2)

Ainsi le nom de Notre-Dame-de-Cambrai se répandait au loin, grâce à la piété de ses Pontifes et des enfants du Cambrésis, et à l'éclat des prodiges qu'elle opérait en leur faveur. Déjà son sanctuaire a pris rang entre les lieux de pélérinage les plus fréquentés, et l'on y voit se succéder tour à tour des Saints, des Evêques, des Rois et des personnages de tout rang et de tout pays. Saint Macaire, archevêque d'Antioche, vient passer une nuit entière en prière devant la porte de son temple auguste; saint Norbert y fait retentir sa voix apostolique et gagne à l'Institut naissant de Prémontré de nouveaux et fervents

---

(2) Ibidem p. 597, n° 36.

disciples ; saint Bernard , le dévot par excellence à Marie , répand aussi son ame en prières affectueuses devant celle qu'il salue du nom de *Clémente , de Pieuse , de douce Vierge Marie.* Que d'autres noms illustres à rappeler encore ? Que de nouveaux hommages rendus à la Vierge les annales des siècles ne présentent-elles pas ? Quel concert de bénédictions s'élève chaque jour de la cité de Cambrai vers le trône de la Reine des Cieux !

Car , du fond des cœurs où sont profondément gravés ces sentiments de piété filiale envers Marie, ils passent sur toutes les lèvres, et les mains elles-mêmes sont ingénieuses à les reproduire partout, sur la pierre, sur le bois, aux portes de la cité, à l'entrée des rues, dans les cloîtres des monastères et jusqu'au sommet des plus imposants monuments. L'or, l'argent et l'airain vont à leur tour recevoir cette consécration solennelle, et les monnaies de Cambrai répandront en tous lieux les témoignages de la piété des pasteurs et du troupeau envers l'auguste Patronne. Les Nicolas de Fontaines, les Enguerrand de Créqui, les Gui de Collemède, les Philippe de Marigny, les Pierre de Mirepoix et tant d'autres après eux, font graver avec bonheur sur leurs monnaies courantes cette touchante parole, sortie pour la première fois de la bouche de l'archange Gabriel, et répétée depuis par toutes les bouches chrétiennes : « *Je vous salue, Marie, pleine de grâce. Ave, Maria, gratiá plena.* »

De toutes les manières et sur tous les tons, cette parole sacrée retentit à Cambrai, et dans toute la terre de Notre-Dame, et jusque dans les provinces les plus éloignées. Les Trouvères se plaisent à la répéter, et leurs chants, aussi gracieux que naïfs et sincères, semblent trouver encore des accents plus mélodieux et plus touchants quand ils célèbrent les vertus et les bienfaits de la Reine des Cieux, de la Patronne de Cambrai. Quoi de plus tendre et de plus pieux que cette prière qu'adresse Jacques de Cambrai à la Vierge Marie :

Hé, très douls cuers ! se mercis me delaie ;
Je ne saurai ou aleir (aller) ne foïr (fuir)
Et s'il vos plaist, douce Dame, ke j'aie
La vostre amor , rien ne me puet nuisir (nuire)
Donels la moi, s'il vos vient à plaisir
Ou autrement joie n'iert defaillie.
Dame , mercit, à jointes mains, vos prie,
Por celi Deu (Dieu) ki de vos volt nasquir.

Dans un autre chant, le Trouvère exprime, avec autant de délicatesse que de vivacité, la confiance entière qu'il a dans la protection de la Mère de Dieu :

Dame, ki puès (qui peux) et ki dois per raixon
Estre por nos, et proier (prier) ke tes fils (ton fils)

Per sa pitié nos faire vrai pardon
Car autrement ne doit estre requis ,
Or le fai dont , franche Dame gentil ,
Si voirement k'en tes beneois leis (flancs bénis)
Fu li vrais Deus concéus et portels.

Aux trouvères qui chantent dans les châteaux
et aux jeux sous l'ormel succèdent les clercs des
chambres de rhétorique , qui consacrent leurs
talents à célébrer les grandeurs de *Madame la
Vierge* , et après ceux-ci viendront en Cambrésis les artistes des contrées éloignées , qui croi-
ront qu'un éclat manque à leur gloire , tant qu'ils
n'auront point chanté les louanges de Marie
dans la basilique de Cambrai.

Dans ces beaux jours du moyen âge , la ville
de la Vierge voit chaque année, le lendemain de
la Trinité, tout le peuple prendre en main la
baguette blanche et assister à une procession
solennelle, pour remercier sa sainte patronne qui
l'a délivrée plusieurs fois du fléau de la peste.
Le huitième jour de décembre, tous célèbrent
la fête de la Conception de Marie, que, dans
un synode tenu en 1308, Philippe de Marigny
à rendue obligatoire sous peine d'excommuni-
cation. Le deuxième de février, les pairs
du Cambrésis viennent en grand costume,
accompagnés de leur varlet, offrir à Notre-Dame
un cierge blanc en forme d'épée , emblême de

leur autorité et gage de leur dépendance de la Dame et Maîtresse de Cambrai.

Ce ne sont pas seulement les fiers et intraitables seigneurs d'Oisy, de Crèvecœur et autres lieux, qui viennent se prosterner au pied de l'autel de Notre-Dame, lui faire réparation pour leurs violences et promettre un dévouement éternel; les rois eux-mêmes, les princes les plus puissants fléchissent les genoux dans ce sanctuaire. Saint Louis fait hommage à Notre-Dame de Cambrai d'une couronne en or enrichie de pierres précieuses; et au retour de la bataille de Rosebèque, Charles VI, presqu'enfant et déjà vainqueur, dépose dans son sanctuaire les trophées de sa victoire.

Mais ici il faut nous arrêter. En parcourant rapidement l'histoire des siècles, nous sommes arrivés au temps où commence une nouvelle période. Pierre d'Ailly, le plus grand de tous les évêques de Cambrai, a paru et relevé déjà bien des ruines; il a surtout procuré un nouvel éclat au culte de la patronne de Cambrai, en plaçant son image dans les sanctuaires qu'il a restaurés et en instituant la confrérie de Notre-Dame-de-Hal. La basilique fondée par saint Vaast, et trois fois reconstruite, attend une nouvelle consécration, et les Cambrésiens, dont les libéralités pour la dernière réédification de ce temple auguste ont été comparés par un chroniqueur à une source qui devient plus féconde à mesure que l'on y puise davantage, des Cambrésiens vont recevoir la récompense de leur amour pour Marie. La mère de Dieu va rendre *sa cité* plus illustre encore, en lui accordant un trésor inappréciable : son image attribuée par une pieuse tradition à l'évangéliste saint Luc.

NOTICE

SUR

L'IMAGE DE NOTRE-DAME-DE-GRACE

DE CAMBRAI.

―――――◆▶◉◀◆―――――

I.

L'Image de la sainte Vierge, honorée dans l'église métropolitaine de Cambrai, sous le nom de Notre-Dame-de-Grâce et qu'une pieuse tradition attribue au pinceau de l'Evangéliste saint Luc, est une peinture qui paraît être à l'huile, sur un panneau de bois de cèdre, haut de trente cinq centimètres et large de vingt-six. Sur un fond d'or, la mère de Dieu est représentée jusqu'à hauteur de ceinture ; elle tient son fils entre ses bras et le serre contre son cœur. Sa tête est légèrement inclinée à gauche et sa joue presse celle de l'enfant Jésus. Ses yeux sont fendus en amende, son nez long et droit, sa bouche petite, son menton court. Sa figure porte, dans son ensemble, une empreinte de douce mélancolie qu'aucun copiste n'est parvenu à imiter. Son front est presque entièrement caché par une coiffure rouge formant bandeau. Son cou et ses poignets sont étreints par une broderie d'or qui forme l'extrémité d'une robe de couleur rouge. Un manteau bleu qui prend à l'extrémité du front, un peu au-dessus du bandeau rouge, couvre son corps et tombe en larges plis sur ses bras. Les bordures de ce manteau sont des broderies d'or sur un fond de cinabre. Dans l'engencement de leurs dessins on a voulu voir des caractères orientaux; l'ancien chapitre partagea cette opinion; pour s'éclairer sur ce point, il manda un célèbre orientaliste de la compagnie de Jésus qui, après un mûr examen, reconnut que ces dessins étaient de pure fantaisie. Deux rosaces dorées y sont encore brodées aux endroits où il recouvre la tête et l'épaule droite.

Le corps de l'enfant Jésus, excepté la tête, les bras et les jambes, est enveloppé d'un lange blanc un peu rosacé; sa main droite presse le menton de sa mère et de sa main gauche il saisit le bord de son manteau. Sa jambe droite est démesurément longue et sa figure n'a rien de la douceur et des charmes enfantins que les peintres impriment d'ordinaire à la tête de l'enfant-Dieu.

La tête de la Madone et celle de l'Enfant sont entourées d'un nimbe quadrillé chez la Mère, rayonnant chez le Fils; les lignes qui forment ces nimbes, ont été incisées sur le fond d'or du tableau, à l'aide d'un poinçon. On remarque aux deux côtés de la sainte Vierge et près de la tête de son Fils, quelques anciens caractères combinés entre eux ; ces lettres ont été expliquées diversement : pendant longtemps on crut qu'il fallait y voir les initiales de *Maria*, *Joseph*, *Jesus-Christus* ; aujourd'hui tous les doutes sont levés. Ces lettres onciales sont une combinaison de caractères des alphabets grec et latin. Celles qui se trouvent dans le haut, d'un côté et de l'autre de la tête de la sainte Vierge, sont en abbréviation les mots *Mater Dei* ; celles placées plus bas et près de l'enfant Jésus désignent comme on le reconnaît à la première vue *Jesus-Christus*. Les anciens peintres orientaux avaient coutume de placer en abrégé, près des figures, les noms des personnages qu'ils représentaient.

Les couleurs du tableau sont bien conservées, quoiqu'elles aient perdu un peu de leur fraîcheur ; le cadre est fendillé en quelques endroits, mais surtout au milieu de la joue de la sainte Vierge.

II.

Cette image fut apportée de Rome à Cambrai, en 1440, par un chanoine de la cathédrale, appelé Fursi de Bruille, archidiacre de Valen-

ciennes, qui était allé en pélerinage dans cette
capitale du monde chrétien. La chronique des
évêques de Cambrai, manuscrit qui se trouve
dans la bibliothèque de cette ville, dit qu'elle
avait été autrefois à Constantinople, dans un
temple, que Pulchérie, sœur de l'empereur
Constance, avait fait construire pour l'y déposer.
A l'époque où Fursi de Bruille fit son voyage à
Rome, elle appartenait, dit un autre manuscrit,
à un cardinal qui l'avait en grande vénération :
ce cardinal eut une révélation qui lui apprit que
cette Image devait être à Cambrai, et pour obéir
à l'ordre du ciel, il en fit présent à l'archidiacre.
Celui-ci mourut le 17 décembre 1450, il fut
inhumé dans la chapelle de la sainte Trinité, au
chevet de la basilique ; et par son testament il
légua à l'église sa précieuse Image. — Peut-on
dire que cette Image soit réellement l'œuvre de
saint Luc ? C'est un point qui peut prêter matière
à de grandes discussions; on peut élever là-dessus
des doutes; mais, résoudre la question d'une manière négative et absolue paraît être chose impossible.

Personne ne nie qu'il existe des Images de
la mère de Dieu peintes par saint Luc : cette
tradition remonte aux premiers temps du christianisme. Les savants Bosio et Aringhi parlent
d'une inscription trouvée à Rome dans un sou-

terrain, près de l'église Sainte-Marie, dite *in viâ latâ*, inscription où il est dit d'un portrait de la Vierge : *que c'est un des sept peints par saint Luc*. On lit dans un ouvrage de Théodore, lecteur de la grande église de Constantinople, qui vivait en l'an 5i8, qu'on envoya de Jérusalem à l'impératrice Pulchérie, un portrait de la Sainte Vierge peint par cet évangéliste.

Il existe à Naples une Image de Marie qui passe pour l'œuvre authentique de saint Luc. Elle est conservée dans l'église dite *Il Carmine*, dépendant d'un couvent de Carmes ; elle fut apportée dans cette ville au treizième siècle par les religieux du Mont-Carmel qui vinrent chercher un abri en Europe, lors des cruelles persécutions que les Sarrazins exercèrent contre eux à cette époque. Il en existe un autre à Rome dans l'église dite de *Santa Maria in transpontina*, appartenant également aux Carmes. Or, l'Image vénérée à Cambrai est semblable à celles de Naples et de Rome ; elle n'en diffère que sur un point : c'est que, dans l'Image de Cambrai, l'enfant Jésus est enveloppée d'un lange, tandis que dans celles de l'Italie, il est couvert d'une robe qui va, dans la partie supérieure, jusqu'aux coudes et descend jusqu'aux genoux. Peut-on supposer que notre Image soit une copie de celles de Naples et de Rome ? Cette supposition

n'est pas admissible ; car, pourquoi le copiste
qui se serait attaché à rendre dans son œuvre les
détails qui se trouvent dans l'original, aurait-il
substitué un lange à la robe ? Dans la persuasion
qu'il copiait l'œuvre de saint Luc, il aurait
certainement respecté les vêtements de l'Enfant-
Dieu, comme il respecta ceux de la divine Mère.
Cette légère différence pourrait, ce semble,
prouver le contraire et donner à notre tableau
un cachet d'authenticité aussi grande que celle
revendiquée par les Carmes d'Italie en faveur du
leur. En effet, Saint Luc, en faisant passer dans
ses tableaux les traits de la Sainte Vierge, n'aura
pas changé ses attitudes, ses traits principaux ;
mais il aura pu admettre quelques légères diffé-
rences dans les détails ; il aura pu, d'un côté,
envelopper l'enfant-Dieu d'un lange, et d'un
autre, le couvrir d'une robe.

On a dit que la Madone de Cambrai pourrait
fort bien être une peinture du douzième ou du
treizième siècle ; on a appuyé cette assertion sur
le genre des broderies du manteau. Ces broderies, assure-t-on, se plaçaient sur les vêtements
que portaient les Orientaux à l'époque dont nous
parlons ; mais l'origine de la Madone *Il Carmine*
remonte incontestablement au-delà du douzième
siècle, et il se trouve que son manteau est garni
de broderies semblables à celles que l'on voit sur

le manteau de la Madone de Cambrai. Il semble
que l'on serait plutôt dans le vrai, en disant : que
les Orientaux chez lesquels les modes et les coutumes varient fort peu, portaient encore au
douzième siècle des vêtements garnis comme aux
âges antérieurs; ou bien encore, que dans
le douzième siècle ils ont pris un genre de parure
imitée de ce qu'ils avaient vu sur les portraits
de la Vierge.

Quant aux lettres onciales placées dans la
peinture de Cambrai, il ne répugne pas de croire
que saint Luc, qui écrivit son évangile en grec et
qui n'était pas sans connaître l'idiôme romain
répandu dans le monde entier, ait combiné ces
caractères de manière à ce qu'ils fussent compris
de tous ceux qui auraient vu sa peinture.

On ne peut donc rien objecter au point de vue
historique et artistique qui détruise la pieuse
tradition en vertu de laquelle on croit que
l'Image apportée de Rome à Cambrai par Fursi
de Bruille est l'œuvre de saint Luc.

Il resterait une seconde question à examiner,
savoir : si cette Image est bien celle qui a appartenu à l'impératrice Pulchérie, comme le dit la
chronique des évêques. Mais là-dessus, les documents manquent complètement.

Quoiqu'il en soit, l'Image ayant été léguée à
l'église, le chapitre, le 6 août 1451, nomma une

commission pour examiner la question du legs
qui lui était fait, et, sur le rapport des commissaires, il conclut à ce que les exécuteurs
testamentaires pussent faire placer cette image
sur les parois de la chapelle, en face du tombeau du testateur, à l'endroit où se trouvait
une inscription qui rappelait une fondation
faite, en cette chapelle, par le cardinal Pierre
d'Ailly.

III,

Les héritiers de Fursi de Bruille exécutèrent
les volontés du pieux testateur ; ils déposèrent
le legs précieux à l'endroit désigné et firent
remise au chapitre d'une somme d'argent qui
leur était due, demandant qu'elle fût employée
à l'entretien d'un luminaire composé de trois
cierges qui devaient brûler devant la Madone
aux jours de vingt de ses fêtes. Les chanoines,
de leur côté, en acceptant cette offrande, décidè-
rent, le 10 juillet 1452, que le quatorzième jour
d'août suivant, veille de l'Assomption, ils
iraient prendre cette Image, l'exposeraient dans
le chœur, pendant la célébration d'une messe
solennelle, et la reporteraient processionnellement après le saint Sacrifice, de manière à ce
que son installation, qui avait été faite par de
simples particuliers, revêtît un caractère officiel

et de solennité. De ce jour , date la vénération
dont le chapitre entoura l'Image de Notre-Dame-
de-Grâce, placée derrière un treillage dont un
gardien fut aussitôt chargé d'entretenir la pro-
preté. Chaque matin, après l'office des laudes ,
ce corps illustre se rangeait en procession et
allait la saluer, en chantant l'antienne *sub tuum*,
cérémonie à laquelle on ajouta plus tard l'en-
censement pendant le chant du *Benedictus* et du
Magnificat.

IV.

Il ne paraît pas que le peuple de Cambrai
portât aussitôt sa piété à cette Image; il est
même permis de penser le contraire. Habitué à
honorer la très sainte Vierge dans la chapelle
de Notre-Dame-la-Grande , située dans le transept, près du portail saint Jean; habitué à
s'agenouiller au pied de la Madone dite Notre-
Dame-*la-Flamenghe*, et devant laquelle brûlait
sans cesse un gros cierge fondé par le cardinal
d'Ailly; frappé dans sa dévotion à Marie par
une Image merveilleuse de cette reine de Cambrai, dont le front, ceint d'un diadême enrichi de
pierreries, formait le couronnement d'une grande
châsse de vermeil placée au-dessus du maître-
autel et qui était l'objet d'une très grande véné-

ration; ennemi de la nouveauté et attaché aux
traditions locales presqu'autant qu'aux principes
de la foi, il semble qu'il ne pouvait se décider
à s'avancer dans le pourtour du sanctuaire, pour
aller vénérer une Image peinte sur une planche
de bois et qui avait été placée dans la chapelle
comme pour orner un tombeau. Dans ces con-
jonctures, six bourgeois de Cambrai et quelques
ecclésiastiques, mus par la pieuse croyance que
cette nouvelle Image était l'œuvre de l'Evangéliste
saint Luc, s'associèrent pour propager son culte,
et se liant par le serment de lui demeurer dévoués, lors même que délaissés de tous, ils ne
resteraient qu'au nombre de cinq dans l'associa-
tion, ils présentèrent une supplique au chapitre
qui, applaudissant à leur pieux dessein, érigea la
confrérie de Notre-Dame-de-Grâce, par des
lettres en date du 1er août 1455.

La dévotion se propagea peu à peu; les fidèles
visitèrent la chapelle de la sainte Trinité;
autour du treillage qui renfermait la Madone,
ils appendirent de petites images, et divers
objets façonnés en cire; bientôt les étrangers,
sur le bruit des merveilles opérées en ce lieu,
y accoururent, et le pélerinage ne tarda pas à
devenir célèbre. En 1454, le comte d'Estampes
envoyait à Cambrai un peintre de Bruges et
sollicitait du chapitre la permission de faire

tirer trois copies de l'Image vénérée (1). En 1457,
Philippe-le-Bon, duc de Bourgogne, dans un
voyage qu'il fit à Cambrai, la saluait dans son
sanctuaire ; Louis XI en entendit parler , et vint
prier devant elle ; là, touché d'un remords de
conscience par les plaintes que lui adressèrent
le clergé et le peuple, il renonça solennellement
à toutes les prétentions qu'il pouvait avoir sur
la ville, et, comme en amende honorable des
exactions de ses agents, il offrit à Notre-Dame-
-de-Grâce une grande couronne de fer ornée de
douze flambeaux d'argent du prix de douze cents
écus d'or. Ce présent portait l'inscription suivante : « L'an de l'Incarnation mille quatre cent
» LXXVIII, Louis XI du nom, roi de France
» où tout honneur luit, fonda ici l'an susdit
» pour décorer la Mère-de-Grâce ; prions jour
» et nuit Jésus qu'il ne périsse de âme. » (*)

(1) Le peintre qui fit ces trois copies était un des premiers
disciples de Jean Van Eyck ; il s'appelait Pierre Christa. On
connaît plusieurs de ses œuvres et on le nomme assez ordinai-
rement Pierre Christophsen.

(*) Ce lampadaire, dont les flambeaux furent volés en 1584 ,
était, à l'époque de la révolution, suspendu à la voûte dans la chapelle de sainte Elisabeth, attenante à celle de Notre-Dame-de-
Grâce. Là se trouvaient aussi les drapeaux qu'avait offerts à Notre-
Dame le roi Charles VI après la bataille de Rosebecque, et ceux
qu'y avaient déposés les Espagnols après le combat d'Iwuy le 10

En 1499, les libéralités des fidèles permirent au chapitre de faire exécuter un ouvrage d'orfèvrerie en argent, vermeil et or, destiné à

---

juin 1676. La couronne offerte par Louis XI fut dorée en 1752 ; elle a donné lieu à la merveilleuse légende si connue à Cambrai. Nous donnons ici cette légende telle que la chantait le peuple de Cambrai. Nous avons cru qu'il était bon de conserver ce monument de la foi naïve de nos pères :

Braves chrétiens pieux ,
Chantons avec les anges ,
D'un cœur dévotieux ,
Les célestes louanges
  De Notre-Dame
De Grâce, si révérée ,
Qu'on honore et qu'on réclame
Dans la ville de Cambrai.

Il y a cent années ,
Quelque temps davantage ,
Qu'on assiégeait Cambrai :
Quel feu et quel outrage !
  Le général
Était Anglais de nation ,
Les maisons et les murailles
Tout croulait sous son canon.

Tout le peuple à genoux
Devant la sainte Vierge,
Disait : secourez-nous ,
Soyez notre concierge,
  Dame de Grâce !
Secourez vos chers enfants ,
Et soutenant cette place ,
Confondez les assiégeants.

Dedans son tablier
De dentelle toute blanche ,
Elle reçoit les boulets
Avec grande assurance :
  L'Anglais en rage ,
La voit, crevant de dépit ,
Et dit : ceci est l'ouvrage
De la plus noire magie.

Se voyant tout à bout
Sans force et sans ressource ,
Il s'écrie : « sauvons-nous
De cette vieille rousse :
  Car la sorcière
Nous réduira au tombeau.
Que maudite soit la guerre ,
Tournons promptement le dos.

Le général bientôt
Prépara les échelles ,
Pour monter à l'assaut
D'une action cruelle :
  Mais Notre-Dame
A paru sur les remparts ;
L'Anglais consterné se pame
En contemplant ses regards

recevoir la sainte Image. Cette chàsse qui fut livrée par l'artiste qui la confectionna, au commencement de l'année 1504, fut brisée et envoyée à la monnaie à l'époque de la révolution. Sur un socle richement ouvragé, s'élevait un arbre représentant la tige de Jessé, dont la sainte Vierge était la fleur mystique, et dont les nombreux rameaux tapissaient le derrière du cadre. Deux anges agenouillés, dans l'attitude de la plus grande vénération, soutenaient l'Image encadrée entre deux colonnes ornées de leur chapiteau et surmontées d'une couronne d'or couronnée elle-même d'un cercle destiné à recevoir les *ex voto* offerts par les fidèles.

Pour avoir blasphêmé
Contre la Vierge-Mère,
Il se trouve aveuglé
Et jeté contre terre.
 « Ah ! sainte Dame !
S'écria-t-il à cette heure,
Ayez pitié de mon âme
Je reconnais mon erreur.

Rendez-moi , s'il vous plaît,
La lumière nouvelle
Et j'irai visiter
Votre sainte chapelle :
 Couronne d'or
Je vous y ferai présent,
Qu'un cheval et moi encor
Pourront se tourner dedans. »

Il pria d'un grand cœur
Notre-Dame de Grâce ;
Il reçoit sa faveur
Et, à la même place,
 A l'ordinaire,
La lumière de ses yeux ;
Et quitte enfin la terre
Pour servir la Mère de Dieu.

Cette couronne d'or
Se voit dans la chapelle ,
Que de riches trésors
Rendent toujours plus belle :
 Que de miracles
S'y opèrent jour et nuit !
Cette divine avocate
Obtient tout de son cher fils.

V.

Les Cambrésiens ne se bornaient pas dans leur piété, à offrir leurs prières devant la sainte Image et à décorer de leurs dons les murs de sa chapelle; chaque fois qu'une heureuse circonstance les engageait à témoigner à Dieu leur reconnaissance ou qu'ils étaient menacés d'un fléau, soit que l'ennemi se livrât à des pillages dans la contrée, soit que l'intempérie de la saison fît craindre la perte des récoltes, ils se rangeaient en procession et parcouraient les rues de la cité et des faubourgs en formant le cortège de Notre-Dame-de-Grâce toujours portée par des chanoines. La première fois que nous voyons l'image de la sainte patronne marcher en procession, est le 27 septembre 1484, à l'occasion de la délivrance d'une peste qui avait fort affligé les lieux voisins de Cambrai. Ces processions étaient fort rares, et l'on n'en trouve pas plus de trente mentionnées dans l'espace de deux siècles. La dernière dont il soit parlé dans les manuscrits de la Métropole, fut ordonnée par Fénelon qui y assista lui-même en 1703, pour demander au ciel du beau temps. La plus magnifique qui eut lieu, fut celle qui se fit le 5 août 1529, jour où fut publiée à Cambrai, sous les auspices de Notre-Dame, la *Paix* dite *des Dames*, signée le 29 juillet précédent. La sainte Image, en cette grande circonstance, fut vénérée par deux reines, huit cardinaux, dix archevêques, trente-trois évêques et une foule de princes et de seigneurs. Les mémoriaux de l'époque ne disent point que les rois de France et d'Espagne qui vinrent à Cambrai après ce traité de paix, se soient prosternés devant Notre-Dame-de-Grâce ; mais on ne peut douter que ces rois ne lui aient rendu cet hommage, puisqu'on les voit entrer dans la basilique où Charles-Quint chanta l'épître à une messe solennelle. Notre-Dame-de-Grâce était déjà alors l'objet d'un culte si spécial, qu'en ne se rendant point dans sa chapelle, ils eussent indigné, ou tout au moins surpris les Cambrésiens ; et les historiens du temps en auraient fait mention.

VI.

Le Cambrésis aimait à attribuer à la protection de sa patronne la délivrance de ses maux, ainsi que le retour et la continuation de sa prospérité, et plusieurs fois l'expérience lui apprit que sa confiance en elle n'était pas vaine. « Le » 29 juin 1548, il faisait si froid, dit l'abbé » Mutte dans un manuscrit copié par l'abbé » Tranchant, et il pleuvait pendant tout le mois » de mai et le mois de juin, tellement que les

3

» blés ne savaient pousser ; on fit une proces-
» sion générale avec Notre-Dame-de-Grâce , et
» depuis qu'on eut porté la *belle Dame-de-Grâce,*
» il fit beau et chaud tant que c'était à Dieu
» louer. » La même chose arriva en 1551.

Ce serait ici le lieu de citer les prodiges qui
ont fait donner à l'Image de Notre-Dame-de-
Cambrai le nom d'*Image miraculeuse ;* les historiens ecclésiastiques tels que de Lewarde , le père
Bauduin Willot , Gazet , parlent , sans en donner
de détails , de nombreux miracles ; au dire de
Gazet , Julien de Ligne , mort en 1615 , en a
composé un recueil qui devait être imprimé,
mais ce recueil ne peut se trouver. Tout ce que
nous pouvons dire , c'est qu'on lit dans les actes
capitulaires de la Métropole , diverses délibéra-
tions à l'effet de nommer des commissions pour
informer sur des miracles. Ainsi, à la date
du 1er août 1660 , le secrétaire du chapitre reçoit
l'ordre d'écrire aux vicaires-généraux d'Arras,
pour les prier de faire des informations sur un
miracle arrivé , par l'intercession de Notre-Dame-
de-Grâce , à une religieuse du couvent des
Annonciades à Douai. Le 6 août 1700 , le chapitre nomme MM. Caron , Liesnart , Hanon et
l'intendant de la chapelle de Notre-Dame-de-
Grâce , pour informer concernant un homme
qui était autrefois presque perclus de ses pieds

et de ses jambes (*tibiis et pedibus debili*) que l'on dit avoir recouvré un parfait usage de ses jambes (*perfectum usum gradiendi*) devant l'Image de Notre-Dame-de-Grâce. (1)

---

(1) Nous citerons ici le récit que fait , dans sa relation du célèbre siège d'Ostende en 1601 , Christophe de Bonovrs , capitaine au service d'Espagne : « Un villageois assez naïf , lequel ayant autrefois possédé quelques moyens proche d'Aire , en Artois , dont il était natif , mais qui par accident de mauvaise fortune , les avait perdus , s'était retiré en Flandre ; et depuis deux ans vivait en une cahuette bien solitaire sous la juridiction de Cockelaer , de la subsistance de deux vaches , et d'un petit labourage à la main ; de tout quoy il sustentait sa pauvre famille. Or , avait-il quelques formages (fromages) de réserve , lesquelz il craignait que les soldats , transcourans , ne lui ravissent ; ce qui le fit résoudre de les porter vendre au camp , pour du prix , avoir de quoy payer sa part de tailles , imposées depuis peu : le bon ordre qui règne ès armées de sa majesté , luy ayant permis de les apporter à Oudembourg et les ayant venduz à souhait avec quelques fruits nouveaux , il s'en retournait environ les sept heures du soir , non par le chemin ordinaire , et commun , ains par un sentier détourné , dans la vaste étendue de la forêt , où était située sa chétive cabanne. Il avait marché environ une heure , quand il fut rencontré , et comme surpris par sept fributz (voleurs) armés de coutelas courts et larges ; escoupettes en bandoulière ; et longs brindes tocz (longs bâtons ferrés pour franchir les fossés) , le plus avancé de ces sept l'arrêta et saisit rudement , l'interrogeant d'où il venait ; et sans lui faire aucun mal à ce commencement , le tira à l'écart dans l'épaisseur du bois , suivi de ses autres compagnons , qui venaient en file assez éloignez l'un de l'autre. Il fut fouillé haut et bas ; et lui furent ostez six florins en diverses monnoyes , qui estait tout ce qu'il auait. Parmi quelques menutez , se rencontra vn chapelet , auquel pendait vne image de plomb de Notre-Dame-de-Grace de Cambray ; laquelle par dérision , fut regardée de

On ne peut trop regretter la perte du manuscrit de Julien Deligne sur les miracles opérés
dans la chapelle et par l'intercession de Notre-
Dame-de-Grâce ; ces faits prodigieux feraient

---

ces gens impies , ainsi que quelque chose d'exécrable. Ils s'enquirent
de ce pauvre homme , par raillerie, pourquoi il portait sur lui semblables bigoteries papistiques et damnables; avec d'autres interroga-
tions pour lui trop hautes à résoudre. A quoi ayant répondu que
c'était en l'honneur de Dieu et de la bonne Dame. Ainsi auoit-il
accoutumez de nommer la Vierge glorieuse. L'vn de ces forcenez
fributz comme hors de sens, voulut l'enferrer de son brindestoc , le
villageois se recommanda secrètement en son cœur à la protection
de celle à qui il s'était voué. Aussitôt on vit le fributz étonné se
rejetter en arrière ne pouuant plus avancer son bras pour frapper le
pauure homme ; il s'écria laquelle est donc cette gourgandine
habillée de blanc qui arrête mon bras? Ah ? villain tu crois éviter
la mort par tes sortiléges ; mais tu périras par un autre supplice. Le
villageois qui avait veu Notre-Dame entre luy et le fributz retenir
l'arme leuée sur sa téte , se recommanda de nouveau à sa sainte
protection. Les voleurs luy ayant par jouet bandez les yeux , et
étreint les mains avec douleur , a guise de ceux qu'on menne pendre ,
son chapelet entre deux , ils l'entraînèrent auec violence , au plus
aspre de la forêt. Ainsi a aueuglon , ils le firent marcher , celuy
sembla l'espace d'vne heure , brossans a trauers ronces et espines
dont il auait le corps tout déchiré , jusques a ce que parvenuz à vn
lieu fort désert et marécageux. Le jour luy fut rendu , au point qu'il
allait défaillir : et luy fut faite ostentation de dix ou douze carcasses
d'hommes , liées à autant d'arbres ; que ces gens assurérent avoir de
leurs mains , mis à mort , à diuers temps ; et que ce lieu était par
eux appelé le grand cymetière , a distinction d'vn moindre , éloigné
de la d'une lieue et demie , sans mettre en compte infinité de corps
par cy par la , semez en diuers endroits dc cette grande foret , et
ailleurs , tous fins papaux , ainsi les appelloient-ilz , par sobriquet,

comprendre la grandeur de la vénération et de l'amour qui allait toujours en croissant pour la sainte Image. Son nom était pour ainsi dire aussi vénéré que le nom du fils de Dieu : Une parole messéante contre elle, prononcée dans la rue,

---

et qui avoint passez le pas en l'espace de sept à huit mois. L'un d'entre ces fributz qui portaient de longs cheueux, vne barbe et face effroyable, et qui par plaisanterie se faisait nommer portier du purgatoire, montra à ce pauure paysan trois d'entre ce nombre qu'il affer ma auoir été prebtres et curez de villages, et de leur avoir de ses propres mains coupé les oreilles! puis exposé aux loups, ou a la faim, dont ilz étoint morts. Vn autre, a qui tous deferoint fit remarquer deux espagnolz, se vantant de les avoir la attachez touts nuds ; et cherché avec délectation les endrois ou asseoir les coups qui fissent longuement languir : a cause qu'il avait ouy dire que ces Spagnardz, ainsi les nommait-il, étoint aussi durs à mourir que les chats. Vn autre se vantait d'auoir fait mourir de sa main trentequatre papelards. Ensuite ilz dirent à cet homme qu'il allait être pendu. Au moment ou ilz luy passaient une corde au cou, on entendit un grand bruit de tambours, et des compagnies logées a Ghistel, accouroint guidez par une main inuisible vers l'endroit ou le villageois allait perir, en même temps il vit bien distinctement la sainte Vierge le couurir de sa robe. Les fributz effrayez s'enfoncèren t parmi la foret et les libérateurs de ce pauure homme lui déliérent les mains jusques au moindre soldat le secourut et luy donna quelques pièces auec quoy réparer ses pertes, ilz le conduisirent au camp l'inuitant a boire pour luy ouir réciter son aventure, ou ilz prenoint plaisir et compassion.

» Les chefs de l'armée ayant appris ce grand miracle de la protection de Notre-Dame-de-Grace, donnèrent quelqu'argent au paysan qui se mist tot en pélérinage pour venir en Cambray remercier la glorieuse mère de Jésus.

» Ce fait s'est passé moi présent en l'an 1601 de l'Incarnation. »

ameutait le peuple et la force armée était obligée d'accourir, pour protéger le blasphémateur contre la fureur populaire. On lit dans le registre aux procès criminels de l'échevinage de Cambrai, que le coupable était condamné à être conduit en chemise blanche, tête et pieds nuds, un cierge ardent à la main, crier merci à Dieu et à la Vierge, par les carrefours, au lieu où il avait blasphémé, et enfin à l'église métropolitaine devant l'Image de Notre-Dame-de-Grâce.

VII.

Les pélerinages à Cambrai étaient passés dans les mœurs de toute la contrée et au-delà, et pour remplir ces pratiques de dévotion, la plupart des fidèles communiaient dans la chapelle où s'achevait le pieux voyage. (1)

En 1584, alors que le Cambrésis avait été inféodé à la France, « on vit, le 25 août, entrer » processionnellement à Cambrai, dit l'auteur » d'un manuscrit de l'Abbaye de St-Sépulcre, un » grand nombre de gens de village du quartier » de Péronne et autres lieux, tout vêtus de blanc,

---

(1) Nous avons vu un billet imprimé signé par un chapelain de Notre-Dame-de-Grâce, attestant que le pélerin auquel il fut délivré a fait ses dévotions dans la chapelle. L'usage de délivrer ces sortes d'attestation aux pélerins existe encore dans quelques lieux.

» portant ès mains petites cierges et croix de
» bois et chantaient à haute voix cantiques et
» louanges à Dieu et à Notre-Dame-de-Grâce ;
» et par le commandement du roi, ajoute le
» même auteur, quasi toutes les villes de France
» firent de même. » Le 12 août 1594 , Henri IV
arriva à Cambrai et monté sur un beau cheval
blanc, sous un dais de damas blanc à franges
d'or , il alla directement à la Métropole saluer
Notre-Dame-de-Grâce , ce en quoi, dit Robert
d'Esclaibes qui assistait à la cérémonie, « il fit
bonne mine. » Le 16 février 1600, l'archiduc
Albert d'Autriche comte de Flandre , après avoir
pris possession de Douai qui ressortissait de son
fief, vint à Cambrai , en compagnie de son épouse
Isabelle infante d'Espagne, faire un pélerinage à
Notre-Dame-de-Grâce.

VIII.

Le culte de la Mère de Dieu devait encore
grandir à Cambrai, qu'au onzième siècle , le
bienheureux évêque Lietbert appelait la *ville de
la Vierge*. Le 24 juin 1649, les Français sous la
conduite du comte d'Harcourt vinrent mettre le
siège devant Cambrai. La garnison était très
faible, militaires et bourgeois capables de porter
les armes ne formaient qu'un effectif d'environ
5,700 hommes. La place paraissait incapable de

soutenir une longue résistance. Le comte de
Garcies qui était gouverneur, s'adressa au clergé
et demanda que l'on fît des prières publiques
et solennelles pour l'heureux succès des armes
cambrésiennes. Le chapitre , en assemblée générale , statua , le 26 juin, que l'Image de Notre-
Dame-de-Grâce serait exposée pendant huit
jours sur le maître-autel , et que , chaque soir ,
les litanies de la très sainte Vierge seraient
chantées solennellement. Tout le clergé fut
convoqué à une procession générale qui eut lieu
le lendemain dimanche , à l'issue des vêpres.
La milice , le peuple , le Magistrat suivirent
l'Image de Notre-Dame-de-Grâce , la conjurant
de ne point abandonner Cambrai à ceux qui
n'avaient jamais été pour eux que des spolia-
eurs et qui toujours les avaient indignement
maltraités. Le 2 juillet , jour de la fête de la
Visitation , et qui devait terminer l'octave des
prières solennelles , on apprit que l'archiduc
Léopold devait , pendant la nuit suivante ,
tenter un dernier coup de main pour jeter du
secours dans la place. A cette nouvelle , on an-
nonça par les rues de la ville que le Saint-
Sacrement serait exposé à huit heures du soir ,
qu'il resterait exposé pendant toute la nuit , que
les chanoines et les chapelains auraient veillé en
prières dans l'église , et qu'une messe solennelle ,

en l'honneur de la sainte Vierge , serait chantée
à deux heures du matin. Tout Cambrai se rendit
à l'appel qui lui était fait, au nom de sa patronne,
et passa la nuit à prier avec les prêtres. Cependant l'armée d'expédition , divisée en deux
colonnes , partit de Bouchain vers le soir ;
marchant à la faveur d'un brouillard épais,
après s'être égarée dans sa route, elle arriva au
moulin du village d'Esnes et franchit la circon-
vallation ennemie. Bientôt le brouillard se dissipa
et le brave colonel Bruck , commandant l'une des
colonnes , se vit au pied des murailles de la ville
où il entra avec ses bataillons , sans être pour
ainsi dire aperçu. Son premier soin fut de se
rendre à l'église où l'office religieux s'achevait à
peine, et l'armée , se rangeant en bataille sur les
remparts , apprit aux assiégeants que , pour
s'emparer de Cambrai , il fallait autre chose que
la valeur française. D'Harcourt voulut voir le
lieu où les lignes de l'armée avaient été fran-
chies , et apercevant la colonne qui , n'ayant pu
pénétrer dans la place, rebrousssait chemin
s'imagina que ce corps d'armée s'en retournait ,
parce que l'on avait jugé sa présence superflue
à Cambrai plus qu'abondamment pourvue de
troupes , et l'échec tourna ainsi à l'avantage de
la ville. D'Harcourt fut tout éperdu , et comme
un homme qui n'a plus de raison , il voulut

lever le siége ; en vain ses officiers lui firent mille représentations pour le dissuader de ce dessein ; tout fut inutile , et l'armée se retira.

On ne peut décrire les démonstrations d'actions de grace que firent, en cette circonstance, éclater les Cambrésiens en l'honneur de la sainte Vierge. Pour donner plus d'appareil à la fête de la reconnaissance , on la remit au dimanche 12 , et alors l'Image de Notre-Dame fut exposée dans le chœur et portée dans une procession solennelle , à laquelle tout le Cambrésis assista avec une joie et un amour qui allaient jusqu'au délire.

Ce ne fut pas seulement le Cambrésis qui voulut témoigner sa reconnaissance à Notre-Dame : l'Ostrevent, le Hainaut, la Flandre s'ébranlèrent : tous les jours, arrivaient, en procession, les habitants des villages, des bourgs et des villes. Trois mille Valenciennois vinrent ensemble apportant une lampe d'argent, sur laquelle étaient représentés saint Vaast, saint Nicolas, et saint Jacques patrons des trois paroisses dont les habitants avaient contribué à l'acquisition de ce riche *ex voto*. On compta, en un seul jour, sept mille pèlerins qui vinrent de Douai ; enfin, l'affluence devint si grande, que le chapitre craignant que des malheurs n'arrivassent au milieu de la foule compacte qui encombrait le pourtour du sanctuaire, permit que l'on célébrât la messe au maître-autel, où il fit exposer la sainte Image. Les particuliers se disputaient l'honneur d'offrir le plus riche présent : les paroissiens de la Magdeleine à Cambrai présentèrent une lampe d'argent ; le gouverneur de la citadelle, le comte de Garcies, en fit confectionner une de même métal, sur laquelle était ciselée en bas relief une vue de la forteresse qu'il commandait et légua plus tard 7,000 florins à la chapelle. Le comte de Fuensaldagne, qui marchait sous les ordres de l'Archiduc, en voua une autre du poids de 258 onces et demie, et fit une donation pour qu'un cierge y brûlât nuit et jour.

Le burin, la peinture, la sculpture, la statuaire reproduisirent les traits de la madone miraculeuse. Les dames l'étalaient dans leurs bijoux au milieu des pierres précieuses, les particuliers la faisaient ciseler sur le devant de leur maison (1) ; placée dans des niches, au coin des rues, elle recevait les hommages des fidèles qui y allumaient des cierges et le soir y chantaient des litanies, et aux portes de la ville (2), elle était comme la sauvegarde de la

(1) Quelques-unes de ces maisons existent encore.
(2) Sous la voûte de la porte Notre-Dame, près du corps-de-

cité. Pendant plusieurs années, on célébra l'anniversaire du 3 juillet et en 1651, à cette occasion, il fut décidé par le chapitre que la sainte Image ne serait plus portée que sous un dais. Les images de Notre-Dame qui depuis lors ont été reproduites par la gravure présentent cette inscription en bas de l'effigie :

> Par une nuée
> Cambray est délivrée
> Par Notre-Dame-Je-Grâce.
> Son altesse en rend grâce.

IX.

La dévotion à Marie atteignit alors son apogée à Cambrai, et la levée du siége de 1657 l'augmenta encore, si toutefois elle pouvait s'élever davantage. Dans la journée du 30 mai où Turenne fut, comme d'Harcourt, obligé de se retirer loin de nos murs, les Cambrésiens reconnurent de nouveau la protection de leur patronne. Le grand Condé qui en entrant en ville ne voulut mettre pied à terre qu'aux portes de la basilique, alla saluer Notre-Dame-de-Grâce, et sa pieuse démarche fut le signal de nouvelles processions qui se rendirent à Cambrai. De tous ces pélerinages solennels, nous

---

garde on voit encore une pierre en saillie sur laquelle se trouvait une copie de la sainte Image.

citerons celui des habitants de la ville de Bouchain, qui eut lieu, cette année, le jour de l'octave de l'Assomption. Nous empruntons ce récit au père Petit qui en a fait la description dans son histoire de Bouchain et que l'abbé Tranchant a copiée dans ses écrits.

« ..... Le jour destiné étant arrivé, tout le peuple au son des cloches et du carillon se trouva à l'église de grand matin. Mais à peine en fut-il sorti en bonne disposition, qu'incontinent une pluie véhémente menaça de mettre tout en désordre ; et si la dévotion et la piété des pélerins n'eût été bien affermie principalement par l'exemple et la parole de M. le gouverneur qui, marchant à pied, et méprisant l'incommodité du temps, encouragea les autres. On poursuivit donc, et le clergé revêtu commença d'entonner les cantiques d'actions de graces. Cependant à l'issue de la Ville-Basse, le temps se changea et devint plus serein le reste de la journée. On marcha avec tant de modestie qu'il fut dix heures quand on arriva aux portes de Cambrai. La cloche de la ville commençant à donner à la vue de tant de peuple, les remparts parurent incontinent couverts de monde : dans l'ordre qu'on avait marché on entre dans la ville. Premièrement marchait à la tête une compagnie de cent mousquetaires avec le capitaine et tous ses officiers , qui, entrant en ville , firent une belle décharge.

» Puis suivaient les enfants divisés en quinze compagnies chacune distinguée par les guidons du Saint-Rosaire , tous marchaient deux à deux , chapelets et rosaires en mains, suivant leur croix portée par des enfants revêtus en ange. Derrière les sept premières compagnies qui étaient toutes de garçons , quatre filles couvertes, toutes blanches portaient sur une civière la belle et dévote Image de Marie-Enfant, comme elle a été présentée au Temple : ensuite marchaient toutes les filles deux à deux en bel ordre , divisées par les guidons en vingt compagnies , et à la fin une demoiselle qui portait le grand cierge voué à Notre-Dame-de-Grâce, auquel il y avait un écu chargé des armes de la ville et de cette inscription :

A Notre-Dame-de-Grace
Pour la délivrance de Cambray, l'an 1657
Le peuple de Bouchain.

» Le cierge précédait immédiatement l'Image du saint Enfant Jésus qui est de grande vénération en la paroisse de Bouchain, et dont l'ornement était si propre qu'il attirait sur soi les yeux des spectateurs et l'attention de tout le monde; quatre garçons, revêtus à qui mieux mieux portaient cette Image ; ces enfants si bien arrangés étaient environ au nombre de cent cinquante.

» De là marchait la croix et le clergé revêtu en surplis, le diacre et le sous-diacre, chapelains de la paroisse, de leurs dalmatiques, le prêtre officiant, qui était le pasteur, d'une riche chappe, suivait à pied M. le gouverneur, Mme sa femme avec ses filles et autres demoiselles; M. de Rental maître-de-camp d'infanterie, avec ses officiers qui étaient pour lors en garnison en cette ville, et puis le reste du peuple.

» Cet extraordinaire appareil d'un pélerinage attira tellement tout le peuple de Cambrai, que les rues étaient pleines de monde. On alla par le grand marché, où, à peine la compagnie des mousquetaires, qui fit une belle salve devant la maison de ville, se pouvait faire place dans la foule du peuple. On traversa, toutefois, chacun en son rang, jusques au portail de Notre-Dame, et la procession entra en l'église au bruit d'une furieuse décharge. Chacun fit ses dévotions pendant la grand'messe chantée par M. le pasteur et le *Te Deum* avec la plus belle musique de cette Métropolitaine.

» Sur les deux heures, chacun s'étant retrouvé à l'entour de l'église, après avoir salué l'Image de la sainte Vierge, retourna en même ordre, et on repassa par les mêmes endroits qu'on était

entré, le clergé chantant quelques hymnes et les
enfants reportant leurs Images de Jésus et de
Marie enfants.

» On ne saurait dire comme toute la ville de
Cambrai fut satisfaite et bien édifiée de cette
procession, mais surtout de la modestie et de la
dévotion des enfants : ce qu'elle témoigna non-
seulement par le concours qu'elle fit encore au
sortir de la procession, mais en convoyant de
vue sur leurs remparts ceux qui, pour remercier
Notre Seigneur et sa sainte Mère de la délivrance
de leur ville, avaient entrepris ce dévot et
pénible pélerinage.

» Hors de la ville on marcha en bon ordre, si
bien qu'à la brune on rentra à Bouchain tous
ensemble, et on alla à l'église recevoir la bénédiction du Saint-Sacrement, après quoi chacun
se retira en paix. »

X.

Après ces deux délivrances de Cambrai, la
dévotion à Notre-Dame-de-Grâce, en prenant
un nouvel élan, répandit une multitude de
copies de la sainte Image. Les nombreux pélerins qui venaient *servir* Notre-Dame de Cambrai
ne se contentaient pas de retourner chez eux le
cœur rempli des sentiments que suggère une foi
vive et que la grâce céleste bénit ; comme Fursi

de Bruille qui, à son retour de Rome enrichit sa cité de la précieuse peinture, les pèlerins voulaient montrer à leurs enfants, à leurs concitoyens les traits de la Vierge miraculeuse devant laquelle ils avaient prié avec bonheur, et en posséder une copie qui serait comme le Palladium de leur maison. Dans les églises où l'Image était reçue solennellement, on la plaçait dans un lieu apparent, soit au sommet du rétable d'un autel, soit sur les parois du sanctuaire ou contre le fût d'une colonne. On voulait que sa présence fût un gage de bénédiction pour la paroisse et une consolation pour ceux qui ne pouvaient aller prier devant elle à Cambrai. Malgré les désastres de la révolution, on trouve encore aujourd'hui la Madone de Cambrai presque partout dans le Cambrésis, la Flandre, l'Ostravent et le Hainaud. A Douai, dans l'église Saint-Pierre, elle se trouve dans un sanctuaire qui porte son vocable; on la voit à Avesnes, à Solre-le-Château, à Mons et dans une multitude d'autres lieux. (*)

_____

(*) On honorait dans quelques églises des pères Carmes, en Flandre, à Bruges, à Gand', à Bruxelles, à Anvers, à Tirlemont, à Malines, à Ypres, à Valenciennes, etc., une Image semblable à celle de Notre-Dame-de-Grâce de Cambrai, que l'on appelait Notre-Dame-du-Mont-Carmel. Ces Madones étaient des copies de la Madone dite de la *Transpontina* de Rome, ou de *Il Carmine* de Naples. Elles avaient été envoyées vers l'an 1655 par

Avec les copies de la Sainte Vierge sur bois et
sur cuivre, se multiplièrent aussi les médailles
frappées en son honneur et qui reproduisaient
ses traits. Depuis longtemps ces médailles étaient
entre les mains des pieux fidèles qui les portaient
au cou, ou les attachaient à leur rosaire.
Nous voyons paraître la première en l'an 1498.

les religienx italiens à leurs frères des Pays-Bas, et elles portaient
les vocables sous lesquels elles sont encore connues en Italie.
Nous possédons une gravure faite à Paris avant la révolution, au
bas de laquelle on lit : « Notre-Dame-du-Mont-Carmel. Cette
» Image est semblable au tableau qui a esté placé dans la première
» chapelle érigée en son nom par les religieux Carmes, et elle
» y a esté honorée pendant plusieurs siècles ; elle a esté depuis
» transportée à Naples par les mêmes religieux pour la préserver
» des flammes de la persécution des Sarrazins. La ville de Naples
» et les peuples circonvoisins leur ont porté beaucoup de dévotion,
» que cette sainte Mère a bien reçue ; en sorte qu'elle a rendüe
» cette Image célèbre dans le monde par une infinité de miracles,
» et présentement les Carmes et les peuples l'honorent beaucoup
» en Flandre et la regardent comme leur étoile favorable dans les
» guerres et ressentent souvent les effets de la protection de Marie.»
Or, cette gravure est exactement semblable à celle de la *Transpontina* que l'on voit dans l'ouvrage de Mastelloni, c'est-à-dire,
comme nous l'avons déjà remarqué, qu'elle ressemble à celle de
Cambrai, avec cette différence que l'enfant Jésus y est couvert
d'une robe, tandis que sur le tableau de Cambrai il est enveloppé
d'un lange.

A Bruges, cependant, on l'honorait sous le titre de Notre-Dame-
de-Grâce, on la portait solennellement en procession sous un dais
splendide ; cette Image existe encore, et elle est toute semblable à
celle de Cambrai, ce qui pourrait faire croire qu'elle est une des
trois copies faites par Pierre Christa.

La Vierge y est représentée entourée de rayons avec cette inscription : *Maria Virgo*; et au revers on lit : *Capitulum cameracense*. Dans le courant du seizième siècle, la même effigie paraît dans les monnaies et mereaux du chapitre qui la place dans son armoirie en chef sur fond de gueules. Mais après le siége de 1649, ces médailles sont frappées sous toutes les formes, en tous les modules et se répandent avec une espèce de profusion, en plomb, en bronze, en argent et en or. Nous en voyons : 1° deux de forme ovale, l'une en argent, l'autre en bronze avec cette inscription sur le revers : *Par Notre-Dame-de-Grâce, Cambrai fut secouru le 3 juillet 1449;* 2° une ovale en cuivre doré : d'un côté on voit, comme sur toutes les autres, l'effigie de la madone, de l'autre les armoiries de Cambrai avec cette inscription dans le contour : *Cameracum obsessum et liberatum anno* 1649 ; 3° une ovale ayant sur le revers l'image du Sauveur du monde et en-dessous la même date ; 4° deux octogones, l'une en argent, l'autre en cuivre, avec l'inscription latine citée plus haut.

En mémoire de la délivrance en 1657 nous en trouvons : 1° deux très grandes en argent dentelées en cintre; elles ont d'un côté la sainte Image, de l'autre l'inscription : *Par Notre-Dame-de-Grâce, Cambrai fut secouru, 30 mai 1657;*

2° une ovale avec l'inscription : *Par Notre-Dame-de-Grâce, S. A. Condé, Cambrai à délivré le* 3o *mai* 1657 ; 3° une octogone avec la même inscription ; 4° une d'argent octogone ayant au revers une vue de Cambrai, au-dessus de laquelle est une banderolle portant ce chronogramme *ConDeo VrbeM LIberantI* ; 5° une octogone avec cette inscription *Virgini sacrum et Condeo ļiberatori ;* 6° une ayant au revers le Sauveur du monde avec la même date.

Outre ces médailles commémoratives de grands événements, on en trouve une collection qui avec la sainte Image de Notre-Dame-de-Grâce en face, portent au revers les saints patrons du pays 1° saint Roch, avec la date 1669 ; 2° saint Corneille, 3° saint Druon, 4° sainte Ghislain, 5° saint Nazaire, 6° saint Léonard, 7° le calvaire de Cambrai.

Nous en connaissons de plus trente-six de différents modules, sans date, offrant au revers l'image de saint Luc peignant la Sainte Vierge ; parmi ces dernières il en est quelques unes entourées d'ornements en filigrane d'argent.

Dans cette nomenclature il en est une petite dont nous n'avons pas parlé, nous en ferons mention tout à l'heure.

Nous aurions pu ajouter que le chapitre en donnait aux personnages qui lui avaient rendu quelques services. Ainsi nous lisons dans les *acta capitularia*, que dans une délibération il a été statué qu'une médaille d'or à l'effigie de Notre-Dame sera offerte au Prévot du chapitre de Condé en reconnaissance des services rendus par lui au chapitre de Notre-Dame. Quand les services ne devaient point être rénumérés d'une manière si riche, on offrait une image peinte, derrière laquelle était spécifié le nom du chapitre et du donataire.

Nous voudrions parler des richesses que renfermait la chapelle de Notre-Dame-de-Grâce, et des donations qui lui ont été faites, mais il faut renoncer à dépeindre toutes ces magnificences. Ce sont des chaînes d'or, des couronnes d'or, des croix enrichies de pierreries, des médaillons entourés de diamants; parmi ces bijoux on remarque un présent qu'a fait l'archevêque Vanderburch ainsi que la croix pastorale et l'anneau épiscopal que Mgr de Brias, en mourant, légua, par testament, à la sainte Vierge. L'autel est une antipende d'argent avec ses riches gradins et son tabernacle offerts par le grand ministre du chapitre, Monsieur de Maldonade; sur cet autel brillent dix grands et quatre plus petits chandeliers d'argent massif, entre lesquels sont des vases de même métal, destinés à recevoir des fleurs; sur les côtes, s'élèvent quatre pyramides égale-

ment en argent, où sont incrustées de précieuses reliques, offertes par le chanoine Vencan-
telbecgh; quatre beaux calices dont le plus
grand a été envoyé par le chapitre d'Anvers,
servent à l'oblation du Saint-Sacrifice; la sainte
hostie est exposée dans un magnifique ostensoir
de vermeil dont le soleil est orné de riches
diamants et surmonté d'une figure de la Vierge,
offert par M. de Crassaveras, chanoine; aux
jours de grande fête, trente-quatre lampes
d'argent sont appendues aux voûtes de la chapelle, qui presque continuellement, retentit du
chant des hymnes sacrées dont les fondations
sont aussi nombreuses que les bijoux dont elle
étincelle. En 1740, le père Fourdin, abbé de
Liessies, qui avait reçu la bénédiction abbatiale
des mains de Mgr de St-Albin, offrit en reconnaissance à la chapelle une somme destinée à la
faire paver de marbre; le chapitre profita de
cette circonstance pour de son côté faire confectionner une grande grille qui devait en fermer
l'entrée et une boiserie qui en recouvrirait les
murailles. D'après ces réparations la châsse de
Notre-Dame fut plus rapprochée de l'autel; son
habitacle se trouva placé dans le bas du trumeau,
entre la fenêtre du fond et celle qui la précédait
du côté de l'évangile. L'Image était enfermée par
un joli grillage en fer, que recouvrait, au niveau

de la boiserie, deux volets sculptés représentant l'Annonciation de la sainte Vierge; au côté opposé, en face, était représenté saint Luc peignant la sainte Image. Au-dessus de la boiserie, à l'endroit où était enfermée la Madone, se trouvait un agneau entouré de rayons en pierre sculptée, qui depuis a été placé dans le fond du chœur de la Métropole actuelle, au-dessus du trône archiépiscopal.

XII.

Cependant le temps était venu où Cambrai devait être ville française. Les Cambrésiens, au bruit des conquêtes de Louis XIV, renouvelèrent leurs supplications à Notre-Dame-de-Grâce ; de nouvelles médailles furent frappées à son effigie avec cette inscription : *Tu nos ab hoste protege ;* mais leur patronne, parce qu'elle voulait leur bonheur, ne voulut point exaucer leur prière. Le canon du roi qui venait de s'emparer de Valenciennes battit en brèche les murailles de Cambrai, et le 4 avril 1677, les Cambrésiens présentèrent une capitulation au monarque. Dans cet acte remarquable, on lit entr'autres conditions posées au vainqueur : que Cambrai ne serait pas dépouillé de l'Image de Notre-Dame-de-Grâce ! En changeant de domination , Cambrai ne perdit rien de sa piété ; son nouveau monarque qui s'était agenouillé devant l'autel de sa patronne, lui enjoignit, par une lettre en date du 6 août 1682, l'ordre de se conformer à l'édit de Louis XIII qui ordonne de faire une procession dans toutes les villes de France, le jour de l'Assomption. Cet ordre fut accepté d'autant plus volontiers, que ce jour, depuis longues années, était celui de la fête de Notre-Dame-de-Grâce. C'est de cette époque que date à Cambrai la procession du 15 août, que nous décrirons tout à l'heure.

Bientôt arriva Fénelon qui, consacré à la sainte Vierge par sa mère, dès son jeune âge, dans la chapelle de Notre-Dame de *Roc Amadour*, contribua beaucoup à entretenir, par son exemple, le peuple cambrésien dans sa piété à la Mère de Dieu. Contrairement aux coutumes observées par ses prédécesseurs qui célébraient le saint Sacrifice dans la chapelle de l'archevêché ou dans celle de saint Blaise, dite des évêques, à la Métropole, Fénelon disait habituellement la messe dans la chapelle ds Notre-Dame-de-Grâce. Sous son épiscopat, la châsse de la sainte Madone fut deux fois pillée : d'abord en 1702 par un homme sur lequel on ne put mettre la main, malgré les recherches actives qui furent faites et les récompenses qui furent promises à ceux qui pourraient le laire connaître et arrêter (1). Le 19 février de l'année suivante un autre voleur enleva ce qui avait échappé au premier avec les dons qui avaient été présentés depuis son larcin ; ce second larron fut moins heureux que l'autre ; il tomba sous la main de la justice. Son crime a été l'objet d'une légende populaire qu'un poète Cambrésien a mis en vers (2).

---

(1) Une pièce publiée par le chapitre à cette occasion , donnera une idée des richesses qui ornaient la châsse de Notre-Dame-de-Grâce.

(2) M. Henri Carion , dans ses *Sept Merveilles du Cambrésis* , *Image de la Vierge.*

AVERTISSEMENT

Touchant le vol fait dans l'Eglise métropolitaine de Cambrai.

Portrait de celui que l'on croit avoir volé les bijoux attachez à l'Image de Notre-Dame-de-Grâce à Cambray, dont le détail suit , et qui en a présenté à vendre quelques pièces à un orfèvre à Namur , le 27 de mars de cette année 1700. Il est âgé d'environ trente ans , d'assez grande taille , fort fluet et maigre , de poil brun , les cheveux courts et le nez long , l'air brusque et fier , parle un langage corrompu mêlé de quelques paroles artisiennes ou cambrésiennes et était, en ce temps-là , habillé de bleu avec une écharpe de laine, l'épée au côté, un manchon et un baton en mains. Ceux qui pourront le reconnaître et arrêter , et en donner avis à messieurs de l'église métropolitaine, en seront généreusement récompensés.

Dénombrement ou détail des objets volés.

Premier : deux colliers de fines perles blanches de cinq tours, contenant cinq cent soixante, et le gros quarante-une perles.

Une demi-couronne d'argent doré sur laquelle est atachée l'image

Ce fut aussi sous l'épiscopat de cet illustre archevêque, en 1712, que les chars furent introduits à la procession du 15 août. Ces machines qui, du reste, étaient une imitation de ce

---

de la Vierge, et de l'autre une fleur de lis d'or avec trois grosses perles en façon de poirette, et deux autres plus haut.

Une grosse chaîne d'or avec de gros pompons ou nœuds entre les chainons.

Une autre chaîne d'or à mailles quarrées.

Une autre à mailles unies.

Une médaille d'or de Notre-Dame-de-Grâces.

Une autre médaille d'or.

Un cœur d'or avec Jésus et Marie.

Deux noms de Jésus de même façon, émailliez avec quatre petits diamants, et trois petits pendants avec des diamants.

Une couronne de cuivre doré de la grandeur d'environ un quart de creu, à laquelle sont attachez, un anneton enrichy de diamants, avec une grosse perle en façon de poirrette, deux médailles d'or, avec l'image de l'Empereur dessus, et deux pendants d'oreille fort grands avec des perles émailliez, avec deux images de Notre-Dame-de-Grâces d'or, et deux croix d'or moiennes: unies.

Item une croix d'or enrichie de sept diamants, avec trois pendants de trois petits diamants, pesant cinq estrelins.

Item une autre croix d'or gravée avec la passion dessus, pesante onze estrelins.

Item autre grande croix enrichie de huit clabecds pesante avec lesdits clabecds, 17 estrelins.

Item une autre petite croix d'or émailliée avec un crucifix d'un côté, et de l'autre une petite Vierge, et trois perles pendantes pesantes cinq estrelins.

Item une autre croix émailliée noire avec la passion dessus et 3 grosses perles pesante 3 estrelins.

Item une croix en façon des Maltre unie, avec trois perles pesante trois estrelins.

qui avait été fait en 1694, à la procession du
Jubilé séculaire de St-Géry, représentaient
entr'autres choses : la Tour de Babel et le
Clocher de l'Hôtel-de-Ville avec la cloche et les

Item une autre croix sans émaille avec un crucifix gravé, et la
passion de l'autre côté, pesante quatre estrelins.

Item un poisson donné nouvellement, de la valeur de cinq cents
florins.

Item une croix émailliée de noir avec Jesus Maria aux deux côtés,
et une grosse perle pendante, pesante deux estrelins.

Item une autre croix de même façon avec deux perles pendantes
pesante deux estrelins, quatre grains ;

Item une croix de Jérusalem émailliée de rouge avec un petit
chaisnon d'or, pesante quatre estrelins, huit grains.

Item une autre croix émailliée de noir pesante trois estrelins et
demie.

Item deux petites roses d'or pesantes 7 estrelins.

Item deux roses de grosses perles fort blanches ; pesantes neuf
estrelins.

Item un cœur composé de nœuf rubis, et couronné de dix diamants, avec quatre diamants, pour faire les flesches émaillié par
derrière, pesante six estrelins.

Item un anneau fait d'une rose de diamant, pesant deux estrelins,
et demi.

Item un ange d'argent doré de la hauteur de quatre à cinq doigts.

Item une chalne d'argent doré environ de la longueur d'une aune
et demie, à laquelle sont attachez plusieurs pompons, ou nœuds
d'argent doré, et plusieurs agnus, croix, bagues, cœurs de cristal,
enchassez en argent doré.

Item un pendant d'oreille enrichi de quatre diamants et un saphir,
avec trois perles pendantes, pesant quatre estrelins.

Item un autre pendant d'oreille enrichi de sept diamants et trois
autres petits diamants, pesant quatre estrelins.

mannequins qui sonnaient l'heure ; ces chars,
quoique lourds et mal inventés, plurent beaucoup
au peuple ; bientôt ils furent perfectionnés et
augmentés , au point que la procession passait
pour la plus belle qui se fit dans toutes les
Flandres ; mais comme ils coûtaient fort cher
dans leurs décorations et leur entretien , l'intendant les supprima en 1737. Cette suppression
fit naître beaucoup de murmures parmi le peuple
qui voulait voir en elle, le refus de rendre à sa
patronne les hommages qui lui appartenaient. Ces
murmures et les représentations des magistrats
firent révoquer l'ordonnance ; et les chars, dit
M. Leglay, reparurent bientôt.

XIII.

Après la bataille de Denain, au milieu des

Item une coraline enchassée en or , avec une devise par derrière
Esto fidelis, pèse un estrelin.

Item une croix d'or avec un St-Pierre gravé.

Item un collier de petites perles, estimé environ cinquante florins.

Item une chaîne d'or avec une croix de cristal de roche , enchassée
en or, sur laquelle il y a un crucifix, peint d'un côté , et de l'autre
une image de Notre-Dame, le tout pesant.....

Item un bracelet de perles rondes, et blanches, estimé aux
environ cinquante florins.

Item une agathe enchassée en or avec deux faces, cisellées d'un
côté.

Finalement diverses autres piéces d'or, d'argent et d'autre nature
qu'on ne peut rensseigner pour être en trop grande quantité.

fêtes qui furent célébrées à Cambrai , en actions de grace de la victoire remportée par le maréchal de Villars , Notre-Dame-de-Grâce fut encore l'objet de pélerinages extraordinaires. Parmi les processions qui vinrent des villes et des villages de la contrée , on remarqua la députation envoyée par la ville de Lille qui venait de nouveau d'être réunie à la monarchie française. Le 14 août 1710 , les Lillois , que les compagnies appelées *Serments* étaient allés recevoir à la porte de Selle , vinrent offrir, sur l'autel de Notre-Dame-de-Grace , un grand cœur d'argent et firent chanter une messe solennelle dans la chapelle. Ce pélerinage fut par eux renouvelé chaque année jusqu'en 1737. Ils arrivaient le samedi dans l'octave de l'Assomption , déposaient leur offrande ordinaire, et le lendemain , ils assistaient à une messe chantée en musique à leur intention.

C'est ainsi que les Lillois couronnèrent la liste des villes qui vinrent en cérémonie honorer Notre-Dame-de-Grâce. Louis XV clot la liste des souverains Ce monarque passant à Cambrai pour aller combattre les forces combinées de la Hongrie et de l'Angleterre , comme ses prédécesseurs , ne mit pied à terre qu'au portail de la Métropole , et après avoir assisté , dans le sanctuaire , au chant de l'*exaudiat* , il fut conduit devant l'Image , où il pria quelques instants. Un mois après, il était maître à Menin , à Ipres , à Courtrai et à Furnes : nobles préludes des succès qu'il devait remporter à Fontenoy.

XIV.

L'an 1752, eut lieu pour la première fois , à Cambrai , le Jubilé séculaire de la déposition de l'Image de Notre Dame-de-Grâce dans la métropole. L'archevêque et le chapitre voulant ranimer la piété des fidèles écrivirent au pape Benoît XIV , demandant à Sa Sainteté une indulgence plénière pour tous ceux qui s'étant confessés et ayant communié, visiteraient pieusement , pendant un des jours de l'octave , l'antique Image de la sainte Vierge connue sous le nom de Notre-Dame-de-Grâce, qui , dit la supplique , déposée depuis plus de 300 ans dans cette église , était l'objet d'une pieuse vénération de la part des fidèles qui accouraient de toutes partspour l'honorer, ajoutant que les princes et les rois eux-mêmes , lorsque l'occasion s'était présentée , lui avaient rendu l'hommage de leur piété. On fit , en cette occasion , outre la procession ordinaire du 15 août , une autre procession le jour de l'octave , pendant laquelle une grande multitude de fidèles de Cambrai et des environs s'étaient approchés des sacrements.

Dans le programme imprimé de cette fête extraordinaire, il ne paraît pas que les chars eussent encore reparu à la procession ; cependant d'après un chant populaire qui, en 26 couplets, donne le programme de la procession de 1756, on peut conclure, qu'à cette dernière date, les chars avaient reparu depuis quelques années. Toujours est-il, qu'à cette époque, la fête du 15 août avait le caractère qu'elle ne perdit qu'en cessant d'exister à l'époque de la grande révolution.

Voici ce qu'était cette solennité : le 14 août vers le soir, le canon des remparts, mêlant sa voix à celle de toutes les cloches et du carillon de la Métropole, annonçait au loin la fête de la Reine de la cité, pendant que la musique exécutait un *Te Deum* à grand orchestre ; le lendemain, après la grand'messe, célébrée avec les riches ornements couverts de pierreries que Jacques de Croy avait donnés exprès pour cette solennité, le chapitre se rendait processionnellement à la chapelle de la Sainte-Trinité ; les deux doyens d'âge de ce corps vénérable encensaient la sainte Image, et deux autres, nommés à cet effet, l'apportaient dans le chœur en grand cortége. Cambrai alors voyait affluer dans ses murs tous les habitants des pays d'alentour qui venaient, la plupart, pieds nuds, en chantant

les vieux refrains composés en l'honneur de la
sainte Madone. A trois heures, la procession
sortait de l'église par le portail Saint-Jean et
parcourait la rue de l'Arbre-d'Or, la place du
Marché, les rues de Saint-Martin, des Chanoines, du Temple, de Sainte-Anne, du
Marché-aux-Poissons, de Sainte-Agnès, de la
Caille et de Saint-Aubert. Marchaient d'abord
d'un côté les capucins, et de l'autre les récollets,
puis les religieux de l'abbaye de Saint-Sépulcre
et ceux de Saint-Aubert ; le clergé des paroisses,
les chanoines de Sainte-Croix et ceux de Saint-
Géry ; le chapitre métropolitain suivi des officiers
de sa justice temporelle ; immédiatement après,
sous un dais de satin blanc brodé d'or, orné de
riches panaches et soutenu par six chapelains,
s'avançait la sainte Image portée par des chanoines revêtus du rochet, de la mosette, de
l'étole et quelquefois d'une chappe. Derrière le
dais marchaient le commandant et le corps des
magistrats. Venait ensuite la marche triomphale
dans laquelle les jeunes Cambrésiens rivalisaient
entre eux par la richesse des costumes, tous
fiers de représenter les personnages les plus
illustres et les plus saints de l'histoire.

Il est impossible de décrire entièrement cette
marche avec ses cavalcades, ses devises, ses
bannières, ses chants, ses instruments de mu-

sique, ses sept chars et phaëtons ; le programme rédigé par les professeurs du séminaire archié-piscopal variait chaque année. Une fois, elle représentait les saints et saintes de l'ancienne loi qui ont préfiguré Marie : Moïse avec ses tables, Hénoc élevé dans les airs, Ruth, Debora, Judith, Esther. Une autre fois, c'était la France avec ses pieux rois dévoués au culte de Marie ; les grandes époques où Cambrai fût redevable de son salut à sa patronne avaient aussi leur tour ; souvent on représentait l'Eglise avec le souverain Pontife donnant sa bénédiction au monde et entouré du collége des Cardinaux ; les principaux saints qui se sont distingués par leur piété envers la sainte Vierge, tels que saint Augustin, saint Cyrille, saint Jean Damascène. Un char cependant était presqu'obligatoire dans chaque programme : par un ingénieux méca-nisme il représentait la Vierge montant au ciel au milieu des anges qui chantaient ses grandeurs et la protection dont elle couvre la ville qui lui appartient.

Le soir un beau feu d'artifice était tiré sur la Grand'Place.

XV.

Arriva la révolution avec son schisme et bientôt avec ses horreurs : la procession fut supprimée, mais l'Image de Notre-Dame-de-Grâce demeura dans son habitacle. L'évêque intrus allait l'y encenser comme aux jours où avec la pureté de la foi régnait dans le saint temple la piété et la ferveur, et en septembre 1792 elle reçut dans son sanctuaire les dernières supplications des fidèles. Une nuit, les prêtres qui avaient eu le courage de demeurer au milieu de leur troupeau furent saisis et conduits sur la Grand'Place, où, placés à la gueule du canon, ils entendirent délibérer sur leur sort. Le farouche Carra qui avait ordonné l'arrestation et même prononcé leur sentence de mort était absent. Les Cambrésiens cherchèrent à temporiser; les prêtres furent enfermés au lieu dit le *Carré de Paille;* les fidèles s'adressèrent à Notre-Dame-de-Grâce, et malgré l'horreur qu'ils avaient pour le schisme, ils allèrent l'invoquer dans sa chapelle. Ils firent une neuvaine : le huitième jour on trouva un expédient pour délivrer les prêtres, qui sortirent de prison; le lendemain arriva l'ordre de les mitrailler..... il était trop tard!!!

Bientôt vint l'édit qui abolissait tout culte en France. Des commissaires escortés de quelques hommes qui disaient dans leur langage ignoble : nous allons voir une dame bien riche et qui a de quoi!!! vinrent prendre l'Image de Notre-

Dame dans son habitacle ; ils la portèrent dans la sacristie ; la dépouillèrent des ses joyaux, brisèrent la châsse, et se souciant fort peu de la peinture, ils la laissèrent sur la table et emportèrent leur riche butin. Un ouvrier tailleur de pierres, nommé Pierre Durand, dit Macaire, homme très dévot à la sainte Vierge et qui suivait la piste des nouveaux iconoclastes, les voyant sortir, entra furtivement dans la sacristie et s'empara de la Madone, qu'il cacha provisoirement dans l'église. Un soir il alla la prendre, la transporta chez lui; où il la conserva au péril de ses jours. Plus tard, lorsqu'on publia que tous ceux qui conservaient chez eux des objets qui avaient appartenu au culte proscrit devaient les porter dans le local de l'ancienne église de saint Aubert convertie en musée, il la confia à un gardien de la foi duquel il était assuré. Celui-ci la serra secrètement dans un tiroir de la sacristie où elle demeura jusqu'en 1802. A cette époque, elle fut exposée comme ancienne peinture, et dans le programme de la fête civique que l'on voulut réorganiser le 15 août, sous prétexte de célébrer l'anniversaire de la délivrance de Cambrai du joug espagnol par le duc d'Alençon, elle figure comme un objet curieux que l'on pouvait visiter au Musée.

XVI.

En 1803 , la sainte Image fut remise entre les mains de Mgr Belmas qui la rendit à la vénération des fidèles et rétablit la procession, à la prière des autorités civiles de Cambrai. A l'aide de la restitution qui lui fut faite de quelques bijoux qui avaient été conservés, et des dons que l'on s'empressa de lui offrir, le prélat fit confectionner une nouvelle châsse, celle dans laquelle elle est aujourd'hui. Cette châsse consiste en un cadre d'argent dont les onglets sont garnis de petits ornements en vermeil ; ce cadre repose sur un piédestal en bois couvert d'argent laminé d'un dessin ancien, et il est surmonté d'une bande d'argent en forme de demi-couronne que semblent soutenir deux figurines d'ange en vermeil. Un fil de fer en forme de fer à cheval entoure le tout et soutient divers *ex voto* en or et en argent. Quant aux détails de la cérémonie du rétablissement de la procession, ils ont été recueillis de la bouche même du prélat, par un de ses amis qui eut l'heureuse idée de les livrer à l'impression. Les voici : c'est Mgr Belmas qui parle. « Enfin, le jour tant désiré arriva. Il faisait un temps admirable ; tous les villages du Cambrésis, une multitude d'habitants des villes voisines accoururent à Cambrai pour revoir Notre-Dame-de-Grace cachée depuis dix ans, mais que personne n'avait encore oubliée. Quand on la sortit de son habitacle, et, qu'à genoux devant l'autel, je prononçai à haute voix : *Ave Maria*, un grand bruit remplit aussitôt les voûtes de l'église. Jamais prière à la sainte Vierge n'avait été prononcée avec autant de ferveur par une aussi grande masse de peuple. Ce ne fut pas sans peine que la procession parvint à sortir de l'église. Je suivais immédiatement la châsse : à peine fut-elle arrivée sur le haut du perron, qu'un immense cri d'admiration s'éleva dans les airs. Toute la population qui remplissait la place Fénelon tomba à deux genoux ; elle pleurait, elle priait, elle sanglottait, elle poussait des *vivat*, elle battait des mains, elle agitait des mouchoirs, des chapeaux..... Je n'ai jamais rien vu, rien entendu d'aussi majestueux, d'aussi attendrissant. Les mères mettaient leurs petits enfants sur leurs têtes pour qu'ils pussent voir l'Image sainte dont elles leur parlaient si souvent, et que beaucoup d'entr'elles avaient pu croire perdue.

» La procession dura plus de quatre heures ; nous ne pouvions avancer qu'à petits pas. On m'a assuré que cent mille personnes étaient entrées à Cambrai ce jour-là. J'étais heureux de voir combien la foi était vive dans mon diocèse, et combien notre sainte religion y avait jeté de profondes racines ; certes, ce beau jour a été le plus émouvant de ma longue carrière. Il y a trente six ans qu'il s'est passé ; je me le rappelle comme s'il n'était que d'hier.

» Pendant neuf jours la châsse resta exposée dans l'église cathédrale , et pendant neuf jours , le ville ne désemplit pas d'étrangers qui retrouvaient avec bonheur la Madone tant vénérée dans leurs jeunes années , ou qui voyaient pour la première fois l'objet de la tendre dévotion de leurs aïeux : l'Image sainte dont les miracles racontés par leurs mères avaient si souvent frappé leurs jeunes imaginations. »

Dans l'ancienne église Saint-Aubert , aujourd'hui Saint-Géry , et qui servit de cathédrale pendant quelques temps, la sainte Image , était placée dans la chapelle derrière le cœur , ainsi qu'elle était autrefois dans la basilique que le marteau de l'impiété avait renversée. Mgr Belmas en laissant Saint-Aubert pour venir fixer son siège dans l'ancienne église de l'abbaye de Saint-Sépulcre, transporta solennellement la Madone vénérée dans sa nouvelle cathédrale qu'il décora du nom de Notre-Dame , et la déposa , toujours par imitation , au fond de l'église, dans la chapelle dite de l'Ange-Gardien. Plus tard , lorsque les ressources permirent de faire quelques travaux d'embellissement, les débris des boiseries qui recouvraient les murailles de la chapelle de la Sainte-Trinité dans la Métropole furent appliqués au fond des

chapelles latérales, et la Madone, retrouvant
son ancien habitacle garni de son grillage et de
ses volets, se trouva placée au-dessus du tabernacle en la chapelle située dans le transept du
côté du Nord. On comprit cependant que telle
ne devait pas être sa place, puisque les belles
grisailles qui décorent cette chapelle ont trait à
la Passion de Notre-Seigneur, tandis que dans
la chapelle du côté opposé, elles représentent
des faits de la vie de la sainte Vierge. En 1838,
elle fut donc transportée où elle aurait dû être
placée de prime-abord, et c'est là qu'aujourd'hui
les fidèles vont la vénérer. Un prêtre revêtu du
rochet et de l'étole, selon l'ancien usage, ouvre
l'habitacle, et l'Image est ainsi exposée les jours
des fêtes de Notre-Seigneur et de la sainte
Vierge, et le samedi dans la matinée,

Ls 15 août, chaque année, à l'issue de la
grand'messe, elle est portée dans une procession
solennelle à laquelle assistent les élèves des deux
séminaires, le clergé des paroisses, le chapitre
métropolitain et Mgr l'Archevêque. La marche
triomphale a cessé de faire partie du cortège ;
les chars qui ont tout à fait perdu leur caractère
religieux, parcourent les rues de la ville dans
l'après-midi.

XVII.

A la demande de Son Eminence Mgr le Cardinal-Archevêque Giraud, le Souverain-Pontife Pie IX, considérant l'antiquité du culte spécial rendu à Marie dans la ville de Cambrai, et la piété que le diocèse a toujours montrée envers cette glorieuse reine du ciel, accorda, en 1847, aux membres du chapitre métropolitain le droit de porter sur l'habit de chœur une croix pectorale en vermeil, sur un côté de laquelle est représentée l'Image de Notre-Dame-de-Grâce, et de l'autre l'effigie du Saint-Père.

Le 6 août 1848, son Eminence rétablit solennellement la confrérie érigée en 1453 ; il la décora du titre de première confrérie du diocèse et voulut que son nom fût inscrit en tête de celui des associés. A l'occasion de cet heureux rétablissement, par une ordonnance spéciale, il accorda une indulgence de cent jours à ceux qui visitant pieusement la chapelle où est déposée la sainte Image, y réciteraient deux dizaines du chapelet, et une indulgence de trente jours à ceux qui réciteraient la salutation angélique. De plus, renouvelant une faveur accordée en 1308 par un de ses prédécesseurs, Philippe de Marigny, il accorda une indulgence de dix jours à ceux qui, en quelque lieu que ce soit, prononceraient dévotement le nom de Marie, à condition toutefois qu'au nom de la Mère de Dieu ils ajouteront l'invocation : *priez pour nous !*

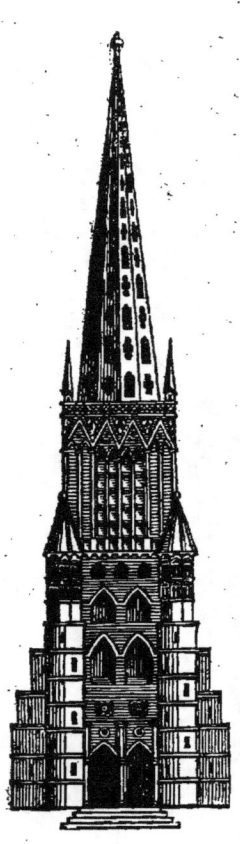

www.ingramcontent.com/pod-product-compliance
Lightning Source LLC
Chambersburg PA
CBHW070809260626
47161CB00006B/2219